Gingitta- Ein Dorf in Algerien

AF200651

Andrea Mohamed Hamroune

Auflage 1 / August 2017
Assira- Verlag Offenbach
Cover: Andrea Mohamed Hamroune
Coverbild: Gingitta Ortein- Ausgang ;-)
Herstellung und Verlag:
BoD- Books on Demand Norderstedt
ISBN: 978-3-7448-9646-7

Vorwort

Gingitta, der Ort des Ausnahmezustandes. In Gingitta gibt es besondere Regeln und Lebensumstände, die dörflich geprägt sind und auch sonst... Das, was woanders geht, klappt hier noch lange nicht. Selbst wenn es um das Ortsschild geht, haben wir eine andere Regelung, was die Rechtschreibung angeht. Im Arabischen gibt es den Buchstaben q (ق). Mit zwei Punkten ist der Buchstabe normal geschrieben, schreibt man den Buchstaben q arabisch aber mit drei Punkten, ist er immer noch richtig geschrieben. Man befindet sich jedoch im Bereich der Sonderregelung, um den Buchstaben ق wirklich als g auszusprechen. Gingitta besteht aus einer langen Straße, an der ungefähr 25 Häuser, innerhalb von einem halben Kilometer am Straßenrand drapiert sind. Manchmal stehen Häuser nebeneinander und bilden eine Minisiedlung, etwas weiter steht ein Haus ganz alleine in der Walachei.
Es gibt einen Arzt, eine Moschee und eine Grundschule. In einer Kurve, kurz vor

Ortseingang oder Ortsausgang, je nach dem von wo man kommt, gibt es einen kleinen Einkaufsladen (Hanut) und ein Cafe`.
Manche Leute verkaufen an dieser Stelle Gemüse aus dem Garten oder Obst.
Genau da, wo der Hanut ist, geht der Weg runter zu dem Haus meines Schwiegervaters.
Dieser Hanut ist übrigens der Hanut meines Schwagers.
Das Schild „Vorsicht Huppel" auf dem Cover hinten ist kein Fake. Dieses Schild gibt es tatsächlich und es soll den Autofahrer vor einer Asphalterhebung mitten auf der Straße warnen. Wenn man nicht aufpasst und unaufmerksam ist, kann es ganz gewaltig scheppern. Es gibt in den Ortschaften zwar Geschwindigkeitsbegrenzungen, die mit Schildern auch angezeigt werden, jedoch gibt es niemanden, der die Einhaltung kontrolliert. Es gibt auch keine Blitzer. Aber dafür gibt es Huppel.

Algerien, Gingitta und sonst noch was

Es ist immer das Gleiche. Mein Mann packt
Klamotten zusammen, für die man gefühlt
eher zwei Autos braucht als eins. Ob da noch
Leute mit rein müssen, ins Auto, hat keine
Relevanz. Hauptsache ER und sein Mist. Ich
habe fünf Kinder, noch nicht gepackt, aber
trotzdem ist das Auto bereits verplant.
Rücksicht und ER? Ausgeschlossen.
Er ist so dermaßen rücksichtslos und ihm ist
es sowas von egal, ob wir Platz haben für uns
und unser Gepäck, dass ich, wenn ich Bedarf
für uns anmelde, bereits ein schlechtes
Gewissen bekomme. Wir haben einen Ford
SMAX und auf dem Dach einen Dachträger.
Insgesamt sind wir sieben Personen, hinten
bleibt, da alle Sitzplätze belegt sind, nur ein
bisschen Platz für Gepäck. Selbst diesen
Platz nimmt er in Beschlag. „Eure Sachen
kommen als letztes ins Auto. Ich weiß, was
ich tue!" So dokumentiert er seine Exzentrik.
Ich fühle mich wie ein Opfer. Ich bin nicht
seine Frau, er hat keine Kinder. Es geht nur
ums Geld. Wie immer. Es geht darum die
Reise rezufinanzieren und mit Null wieder

nach Hause zu kommen. Als ob man sich nicht Geld sparen kann und sich in Algerien was Schönes kaufen. Naja. Kaufen und etwas in Algerien, ist auch wieder so eine Sache. Ich habe eine kleine Tochter, die noch einen Kindersitz braucht. Auf dem Boden, da wo meine kleine Tochter sitzt, bei ihrem Sitz ist Gepäck verstaut: Die Tasche für das Schiff. Bei mir vorne, beim Beifahrersitz, im Fussbereich, ist unser Proviant für die Reise in einer Kühltasche verstaut. Ich habe sehr wenig Platz. Überall an den Seiten im Auto sind kleine Wasserflaschen verteilt. Griffbereit, so dass jeder, der Durst hat, trinken kann, wann er will. Ich habe immer eine solche Angst und fühle mich unwohl, aber am Ende geht doch alles gut. Der Mist von meinem Mann und unser Gepäck, alles ist irgendwo ins Auto gequetscht. Jeder hat einen Sitzplatz und kleine Kissen zum Kuscheln, wenn man schlafen will, haben wir auch mit. Mein Mann kommt wieder als letztes ins Auto.
Der Boss, der Checker, kontrolliert die Wohnung noch mal und zieht überall den Stecker. Außer vom Kühlschrank. Es geht

los. „Bismillah"

Vor uns liegen ca. 1014 km bis Marseille von Offenbach aus. Ich weiß nicht warum, aber mein Mann fährt den ganzen Weg alleine, obwohl wir uns abwechseln könnten. Soll er mal. Wenn er denkt, es ist schlau, so eine Strecke alleine zu fahren, dann los. Ich kann auch daneben sitzen, Handy spielen, Internet gucken und mir die Welt anschauen. Ich bin zufrieden. Wozu soll ich mir Stress machen, wenn mein Mann drauf besteht, alleine zu fahren?

Wir haben auch ein Navi dabei. Jedes Mal wenn das Navi meinem Mann den Weg dirigiert, fragt er: „Was hat sie gesagt?" Ist schon cool, so ein Navi. Nur wenn man nicht versteht, was die Frau sagt und selbst wenn man die Frau versteht, aber nicht darauf hört und trotzdem alles besser weiß, nützt da garnichts was. Wir haben uns aber trotz der Geringschätzung meines Mannes gegenüber dem Navi nicht verfahren. Mein Mann weiß mit und ohne Navi, wie der Weg geht. Ich kenne den Grund des Zweifels aber nicht. Verunsichert mich jetzt das Navi oder mein Mann?

Manchmal machen wir auf einer Raststätte Pause. Ich und die Kinder machen Pause, um unsere Knochen wieder in Form zu bringen und um etwas zu essen. Mein Mann macht Pause, um sich vom Fahren zu erholen und auch um etwas zu essen. Er, der Boss, der Checker, hat es verstanden!!! Frauen könnten Autofahren, wenn der Mann es denn zulässt. Ich weiß nicht, ob Frau und Autofahren etwas mit Emanzipation zu tun hat und Frau und nicht Autofahren, etwas mit Diskriminierung. Ich denke, so quer über dem Daumen ist es egal, wer den Esel reitet, wenn der Esel es denn aushält!!! Mich scheint der Esel nicht auszuhalten oder mein Mann.

Aber wie auch immer. Ich chill und guck mir die Welt an. Soll er doch fahren. Wen juckt`s??

Es wird immer später und daher auch langsam dunkel. So gegen 4 Uhr morgens sind wir in Marseille angekommen. Mein Mann sucht ein Hotel um diese Uhrzeit. Die Uhrzeit ist nicht alleine das Problem, sondern auch der fehlende Parkplatz auf einem eingezäunten Grundstück und um diese

Uhrzeit sind auch sämtliche Hotels ausgebucht. Es heißt, es wäre ein Konzert in der Stadt. Wir haben kein Glück, ein Hotel zu finden und parken daher am Kai. Wir versuchen etwas zur Ruhe zu kommen und schlafen alle.

Als es etwas heller wird, fahren wir vor eine Moschee. Mein Mann geht zum Frühgebet dort rein und betet nicht nur das Fajrgebet, sondern auch alle anderen Gebete, die er während der langen Fahrt verpasst hat, nach. Es dauert also bis er wieder kommt. Von der Moschee aus beobachtet uns ein Mann, wie wir im Auto sitzen und schlafen. Er bittet uns alle in die Moschee zu kommen, gibt uns zu trinken und etwas zu essen. Ich finde das sehr nett und fühle mich mit meinen Kindern sehr gut aufgehoben in der Moschee. Ich kann mit meiner ältesten Tochter auch das Frühgebet dort beten. Nur etwas ist merkwürdig. Normal sollte der Teppich Richtung Qibla ausgerichtet sein. In der Moschee ist der Teppich aber in Schönform dem Raum angepasst. Ich kann von oben in den Gebetsraum der Männer schauen und da liegt der Teppich anders. Das Mihrab, da wo der

Imam vorbetet und die Qibla ist, kann ich nicht sehen vom Gebetsraum der Frauen aus. Ich finde das irgendwie eine gute Idee (?). Wenn ich jetzt rein spekulativ davon ausgehe, dass Männer grundsätzlich recht haben und alles richtig machen, trotz erheblichen Zweifel, hab ich in der Moschee nicht Richtung Qibla gebetet, sondern sonst wohin. Aber Allahu alam. Spekulation ist Spekulation.

Wir bleiben in der Moschee bis circa kurz vor dem Mittagsgebet. Mein Mann will normal erst raus, wenn das Mittagsgebet erledigt ist, jedoch knurrt uns der Magen und wir gehen alle früher. Der Mann aus der Moschee begleitet uns und zeigt uns, wo wir gut essen konnten. Unser Auto steht vor einer Hofeinfahrt in der Zeit. Zum Glück kennt der Mann den Besitzer der Hofeinfahrt und hat meinen Mann veranlasst mit ihm zu reden, so dass der Besitzer der Einfahrt Bescheid weiß und unser Auto nicht abschleppen lässt. Aber es ist eh Samstag und von daher, nicht ganz so wichtig, ob unser Auto dort vor der Hofeinfahrt steht. Wir gehen essen. Das essen ist zu viel, zu fettig und zu teuer. Der

Wind weht auch sehr stark. Auch sind wir erschöpft von der langen Reise und wollen eigentlich nur auf das Schiff. Am frühen Nachmittag fahren wir schließlich zum Port, um einzuchecken. Was man da nicht alles ausfüllen muss! Alle zehn Minuten muss man seinen Pass zeigen, irgendwelche Papiere ausfüllen für den Zoll und die Polizei. Alles muss registriert werden. Das ist total nervig und dauert Stunden. Wir haben vier Stunden gebraucht, um endlich mit dem Auto im Schiff zu parken. Wir stehen beinahe die ganze Zeit mit dem Auto in der Sonne. In Marseille ist es zu der Zeit 35 Grad in der Sonne. Furchtbar. Wir haben keine Lust mehr und sind auch erschöpft. Als wir endlich im Schiff sind, packen wir das Nötigste aus dem Auto zusammen und suchen unsere Kabine auf. Wir nehmen die Tasche für das Schiff mit und etwas zu essen und zu trinken. In der Schifftasche sind Wechselklamotten für uns, Handtücher und Waschschaum. Aber auf dem Schiff bekommt man auch in der Kabine Seife und Handtücher. Wir haben eine Innenkabine mit vier Betten und Dusche und WC. Die Betten sind Hochbetten und das obere Bett lässt sich nach unten klappen. Der Raum hat insgesamt 8m² in etwa. Wir haben sehr viel Glück mit dem Schiff. Die SNCM-Fähren sind immer unmöglich. Es gibt drei Klassen. Die erste Klasse war so wie bei uns. Die zweite Klasse ist so wie bei uns, nur dass es keine Dusche gibt in der Kabine, sondern ausschließlich ein Waschbecken. Man muss draußen duschen und auf die Toilette gehen. Und das ist dann auch sehr eklig. Die Toiletten sind sofort verstopft und der Gang geflutet in den WC, die Duschen sind besetzt und auch mindestens 1 cm hoch gewässert. Das sind wirklich furchtbare und katastrophale Zustände. Die dritte Klasse ist miserabel und am unzumutbarsten. Wer auch immer mit SNCM fahren will: Die dritte Klasse bitte nicht buchen. Dritte Klasse bedeutet, man bekommt einen Sitzplatz wie in einem Bus, auf dem man 18 Stunden ausharren muss. Man hat keinen Platz für die Knochen zum Ausruhen und keinen richtigen Platz für das Gepäck. Wenn es denn mal einen Gepäckplatz gibt, machen sich die Leute da drinne lang, um dort zu schlafen. Und nicht nur da wird geschlafen, in den

Gepäckablagen. Es wird sich auch auf den Decks lang gemacht. Die Leute legen ihre Koffer auf dem Boden am Rand der Decks, breiten sich eine Decke aus und verweilen dort so, bis das Schiff angekommen ist am Zielort. So etwas habe ich noch nie gesehen und sowas will ich auch nie mehr sehen. Ich habe gedacht, ich fahre auf der Titanic und bin im 19. Jahrhundert. Das Essen auf dem Schiff ist typisch Großküche. Alles in einen Topf, Salz drauf, fertig. Das einzige, was wirklich sicher ist, sind Pommes. Alles andere ist Spekulation. Es kann sein, dass wir Pressfleisch aus Hähnchen oder Pute bekommen haben und Gemüse. Man kann schon erkennen, was es für ein Gemüse ist, nur bin ich mir unsicher, ob das Wort gar und wirklich frisch die Qualität bestimmte oder eher die Farbe. Das Essen ist sehr lieblos und wirklich nur auf Masse produziert. Es gibt Wasser dazu, Baguette und zum Nachtisch Yoghurt. Früh morgens gibt es Croussants, Butter, Zwieback, Marmelade und Kaffee und Milch.
Ich bin jedes Mal froh, wenn ich vom Schiff wieder runter komme. Wir haben zu Anfang

Seegang und da mir sowieso schon schlecht
ist von dem Essen in Marseille, muss ich
kotzen, als die Reise losgeht. Noch nicht mal
die Kinder kann ich abduschen, so schnell
geht es mir schlecht auf dem Schiff. Ich hab
nur meine Kleine geduscht. Alle anderen
müssen sich um sich selber kümmern. Wenn
es denn mal sein muss, ohne Mama, dann
geht es zum Glück.

Die Reise über das Mittelmeer dauert
ungefähr 18 Stunden. Als wir endlich in
Skikda im Hafen sind, ist es bereits 16 Uhr.
Die Sonne scheint sehr warm. Genauer
gesagt, es es brütend heiß. Wir gehen runter
in den Parkplatz der Fähre und schiffen aus.
Zum Glück ist die Kontrolle diesmal nur kurz
oder garnicht. Wir brauchen nur eine Stunde,
um uns aufzumachen in Richting Gingitta. In
unserem Tank ist kaum noch Sprit. Mein
Mann hat beinahe den ganzen Tank leer
gemacht in Marseille, mitten in der Nacht bei
der Suche nach einem Hotel.

Mein Mann kennt sich auch gut aus in
Skikda, so dass er gleich anfängt,
merkwürdige Wege zu fahren, um eine
Tankstelle zu finden. Ich bekomme Angst,

halte mich aber zurück mit Ärger machen, um nicht noch mehr Stress zu produzieren. Aber Dank der guten Ortskenntnisse meines Mannes und auch zu meiner Überraschung, hat er Recht und wir können schnell tanken. Alhamdullilahi.

Er hat für eine Tankfüllung glaube ich, sieben Euro bezahlt, umgerechnet. Sprit ist sehr billig in Algerien.

Von Skikda nach Gingitta braucht man mit dem Auto ungefähr 30 bis 40 Minuten. Die Entfernung liegt bei ca. 44 km. Man kann so oder so fahren oder doch noch anders, aber man kommt nach Gingitta von Skikda aus. Es kommen Schnellstraßen, Dörfer, kleine Straßenbuden, an denen man Gemüse kaufen kann und auch Feigen und Melonen. Es kommen Stände, an denen über einer alten Öltonne mit Feuerholz, Mais gegrillt wird. Mein Mann kennt sich gut aus, hat viele Erinnerungen an irgendwas und irgendwen. Langsam kommt er nach Haus in die alte Heimat. Überall kennt er Leute und weiß auch, wo der und der wohnt. Er erzählt es den Kindern alle fünf Minuten, wo wer wohnt und versucht so die Kinder in

Feierlaune zu bekommen. Die Huppelschilder werden zwar beachtet, sind aber nicht ganz so wichtig und die Huppel auch nicht. Der Weg geht Richtung Ziel. Krawomm.

Wenn man in Gingitta ankommt und bei dem Hanut vorbeigefahren ist, muss man einen Sandweg mit Schlaglöchern durchfahren, um zu dem Haus meines Schwiegervaters zu kommen. Man landet in einer Minisiedlung, in der sich die Nachbarn so einig sind wie in einem Hochhaus. Jeder kennt sich, respektiert sich, aber jeder ist jedem egal. Man spricht miteinander genauso gerne wie übereinander. An der Seite am Weg sind riesige Kakteen, von denen man die Früchte abernten kann. Diese Früchte heißen Hindi. Das Haus meines Schwiegervaters hat drei Etagen. Oben haben wir eine eigene Wohnung, direkt daneben wohnt auch der Bruder meines Mannes mit seiner Familie, wenn sie dort auf Urlaub sind. Wir werden von einer sehr großen Familie begrüßt und von sehr vielen Kindern. Ich geb den Kindern Fünf, dann erspare ich mir das Knutschen. Ansonsten wird natürlich jeder

mit Küsschen rechts und links begrüßt. Das Auto wird abgeschlossen und wir gehen in die Stube. Ich verstehe nicht viel Arabisch, fühle mich aber trotzdem sehr in das Geschehen integriert. Es wird über dies und das erzählt oder jenes und welches.
Tatsächlich geht es aber immer nur um das Gleiche. Nach etwas Zeit bekommen wir auf einem Minitisch, worauf ein rundes Tablett gestellt wird, Schüsseln mit Pommes mit Rühreiern, Salat und etwas zu trinken. Wasser.
Es sitzen im Wohnzimmer ungefähr 15 Leute, oder so? Kinder laufen rein und raus und die Unterhaltungen sind wichtig. Zu Anfang war ich mal interessiert daran, was so erzählt wird. Mittlerweile bin ich aber nur noch gelangweilt. Es geht immer nur darum, was ich trinken will oder essen, ob es mir gut geht. Wenn`s dann mal interessant werden sollte, dann geht es um irgendwas, was jemand anderes gemacht hat. Da mir egal ist, was andere Leute machen und ich das Leben anderer nicht wertschätze, es sei denn die Person ist mir tatsächlich wichtig, machen mich die Geschichten groggy. Leider versteht

es mein Mann nicht mich irgendwie einzubeziehen in die Gespräche, so dass ich immer nur still daneben sitze. Ich rede nur, wenn ich gefragt werde. Und das ist kein Scherz. Mein Mann übersetzt nicht, sondern erklärt mir, was die Person gesagt hat.
„Denken ist nicht jedermanns Sache!"
Aber nun denn. Ich hab gegessen und will in die Wohnung. Ich gehe hoch.
In Algerien ist man, egal was man macht oder hat, immer aufgeschmissen. Wir haben eine tolle Badewanne im Badezimmer, eine Toilette wie in Deutschland und drei Wasserhähne, aber kein Waschbecken. Aus keinem der Wasserhähne kommt Wasser. Oben auf dem Dach steht eine leere und kaputte Zisterne. Mein Mann muss jeden Tag Wasserkanister schleppen für uns, damit wir duschen können und die Toilette spülen. Wenn ich mir die Zähne putzen will, geh ich in die Küche und spuck aus dem Fenster in den Garten hinunter. Im Garten ist niemand und es interessiert niemanden. Mein Abwaschwasser landet von der Küche aus auch im Garten. Wir haben keine Waschmaschine. Nicht dass es keine

Waschmaschinen zu kaufen gibt in Algerien. Aber was nützt einem eine Waschmaschine, wenn man kein fließend Wasser hat in der Wohnung? Ich muss meine Wäsche also mit der Hand waschen. Da wir, wie schon gesagt, sieben Personen sind, hab ich eine Menge Wäsche. Mein Mann schleppt also das Wasser jeden Tag hoch. Das bedeutet, er, der arme Mann.... es ist unzumutbar für ihn. Ich muss meine Wäsche draußen waschen, eine Etage tiefer, da, wo die Zisterne meines Schwiegervaters steht, beinahe fast mitten in der Sonne.

Ich habe es überlebt, war aber froh als ich kurz vor der Heimreise in Streik gehen konnte, mit der Aussicht auf Besserung in deutsche Verhältnismäßigkeit. Meine gewaschene Wäsche habe ich ausgewrungen und bei uns oben auf dem Balkon getrocknet. Meiner allererste Wäsche von mir, hat sich meine Schwägerin angenommen und gewaschen. Ich hatte das garnicht richtig gemerkt, sondern mich nur gewundert, wo unsere Wäsche plötzlich ist. Mein Mann hat sich beschwert bei mir und gesagt, er würde sich schämen, wenn seine Schwester für uns wäscht, wo er doch eine Frau hat.

„Danke für das Opfer!"

Ich finde das unmöglich. In Gingitta ist es für Frauen verboten in den Hanut zu gehen. Ich muss entweder meinem Mann oder irgendeinem algerianischen Kind erklären, dass es Waschpulver holen soll. Was, bitte schön, heißt Waschpulver auf Arabisch?

Da mein Mann nie übersetzt, sondern nur erklärt, ist er das zweite Übel. Ich kann von ihm die Sprache nicht lernen, weil Erklärungen zu kompliziert sind für ein einfaches Wort, das gereicht hätte.

Aber da er es kann und versteht, und die anderen auch, holt mir irgendwer Waschpulver.

Wenn man duschen will ist das Wasser kalt. Das bedeutet, ich erwärme mir das Wasser auf unserem Gasherd. Später hab ich festgestellt, dass kalt duschen viel cooler ist als warm. In Algerien sind in der Sonne 45 Grad. Die Kälte erfrischt den Körper sehr und es fühlt sich gut an. Es kann allerdings auch sein, dass ich mich nach zwei Wochen schon gut an alles gewohnt hatte.

Einmal bin ich nachts auf die Toillette

gegangen und es ist mir eine kleine Kakerlake auf dem Fußboden lang gelaufen. Als ich fertig bin und mir die Hände waschen will, sind es bereits vier Kakerlaken, die sich gemeinsam, sehr gemächlich, hinter den Putzmittel verstecken wollten. Ich habe aber keine Kakerlakenjagd gestartet. Ich finde die Dinger doof und verstehe nicht, warum die ausgerechnet im Badezimmer sind, wo sie doch eigentlich eher in der Küche etwas zu suchen hätten. Ich denke, selbst die Kakerlaken sind in Algerien verpeilt. Am Morgen hab ich davon meinem Mann erzählt. Der hat sich garnicht interessiert, sondern ist einfach weggegangen. Sich Problemen mit Ignoranz zu entziehen, hat es etwas mit der Verweigerung einer Lösungsfähigkeit zu tun. Am Nachmittag sind die Kakerlaken alleine weg und nicht mehr aufgetaucht. Zum Glück. Nicht dass die Kakerlaken anfangen Eier zu legen und eine Großfamilie gründen! Audulillallah.

Aber auch wenn Algerien etwas dekonstruktiv ist in der Entwicklung oder Unstimmigkeiten hat im Verhältnis zu

können und müssen, sich sozusagen an sich selbst aufhängt, finde ich Algerien gemütlich. Man hat weniger Stress als Frau und braucht sich nur um den Haushalt kümmern. Man muss nicht einkaufen und sich um Finanzen kümmern. Man kocht das, was der Mann angeschleppt hat. Muss ja. Weil alleine kann man zu mindesten in Gingitta nicht einkaufen. Die Kinder sind den ganzen Tag unterwegs oder spielen im Haus rum. Man hat Zeit sich hinzusetzen und zu schlafen. Es gibt Internet. Nur mit dem Einkaufen an sich, hat man Probleme. Man fährt wo lang, sieht was und will es doch woanders kaufen. Nur da gibt es das dann nicht, worauf man aus ist. Oder man will woanders kaufen und es ist teuer oder doch lieber in Hanut (?). Ich habe es aufgegeben und keine Lust mehr. Rauszufahren ist genauso schlau wie drinnzusitzen. Weil wenn man rausfährt, sitzt man nur im Auto und steigt nie aus. Wenn man zu Hause ist, sitzt man da rum. Egal wie und was, das Ergebnis ist immer das Gleiche: Es kommt nichts dabei heraus.
Mein Mann findet die Wohnung auch langweilig. Deswegen geht er morgens früh

gleich in die Moschee und dann in den Hanut. „Danke lieber Ehemann!" Nicht nur dass er sich nicht meiner Probleme annimmt und sich einem Gespräch mit mir verweigert, er haut sogar noch ab und lässt mich sitzen. Geh ich runter zu den anderen, werde ich mit dem immer selben Kram arabisch vollgequatscht. Ich bin entzückt. Das einzige, was mich das alles aushalten lässt ist, dass meine Familie wirklich sehr lieb ist und die Tatsache, dass dieser Aufenthalt endlich ist. Ich bleibe nicht für immer da.

Wir haben in unserer Wohnung eine große Küche. Ich finde die Küche in Gingitta viel schöner als unsere in Deutschland. Die Küche ist viel größer als unsere, wir haben einen großen Kühlschrank, einen Schrank für Geschirr und Töpfe, einen Gasherd und einen Abwasch. Allerdings hat der Abwasch keinen Wasserhahn, so dass ich mir immer das Wasser aus den Kanistern in der Toilette holen muss, wenn ich abwaschen will. Das Wasser aus den Kanistern ist aus dem Fluss. Es ist sauber, aber schmeckt merkwürdig und es ist auch etwas verfärbt. Irgendwelche Rückstände müssen im Wasser sein.

Vielleicht ist es aufgewühlte Erde?
Einmal hab ich mit unserem Gasherd im
Backofen ein Hähnchen gegrillt. Es grillt und
grillt und grillt und während dass Hähnchen
so grillt, kriecht unter dem Backofen eine
Fledermaus hervor. Das Hähnchen grillt
schon lange und es riecht gut. Ich weiß nicht,
warum die Fledermaus unter dem Ofen raus
gekommen ist. Normal hätte sie auch da
drunter bleiben können. Erst bin ich
erschrocken, was da kommt, und denke es
kommt eine fette Spinne. Es ist aber keine
Spinne, sondern eine Fledermaus. Die
Fledermaus ist ca. 4cm groß, ist behaart am
Kopf und sonst nackig. Ich beobachte das
Tier und denke die Fledermaus wäre
vielleicht gefährlich oder bissig. Aber nein,
die Fledermaus ist ein Fußgänger und kein
Flieger. Ich habe nicht verstanden, was da
vor sich geht mit dem Tier. Ich habe die
Fledermaus fotografiert und bin sehr dicht
dran. Etwa 30 cm mit der Handykamera. Die
Fledermaus greift mich nicht an und fliegt
auch nicht weg. Fledermäuse können nicht
zahm sein. Nachdem sie weg gegangen ist,
bekommt sie den Namen Ernst. Weil ich war

mir nicht sicher mit der Fledermaus. Vor ein
paar Tagen geht meine Tochter abends in die
Küche und da hängt eine Fledermaus über
der Tür an der Decke. Ein paar Jungs jagen
die mit dem Besen fort. Kann sein, die kleine
Fledermaus wird verletzt und war deswegen
unzulänglich. Wieder ein paar Tage später ist
eine Fledermaus in dem Schlafzimmer
meines Schwagers. Ob das Ernst war. Die
haben Ernst mit dem Besen gejagt. Was kann
Ernst dafür, dass er eine Fledermaus ist und
nicht fliegt oder fliegen kann?
Ob man in Algerien kochen kann? Ja..wenn
der Mann was anständiges anschleppt, dann
ja. Nur wenn der Mann keine Ahnung vom
Kochen hat, was bringt er dann? Irgend etwas
sinnloses, was absolute Kreativität
abverlangt. In Gingitta schmeissen die
Frauen alles, was sie finden in einen Topf
und das war`s dann auch. Am besten Nudeln
oder Reis, Kuskus oder sonst so was in der
Art. Gemüse dazu und Fleisch, Salat und
Wasser. Das beste aber ist Buttermilch. Wir
haben in Algerien eine eigene Kuh und von
der wird jeden Tag frisch abgemolken. In der
Buttermilch sind noch Butterstückchen

drinne, da auch Butter selber gemacht wird. Morgens gibt es immer frische Milch mit etwas Kaffee und Zucker, Baguette dazu und frische Butter. Als wir in Gingitta sind, ist es Sommer und es gibt frische Feigen. Feigen sind in Deutschland sehr teuer, in Algerien nicht. Ich hatte erst Marmelade damit gemacht, aber danach hab ich die Feigen nur noch im Stück gegessen. Feigen sind megalecker. Mein Mann hat sich aufgeregt, dass ich sieben Feigen esse und er nur zwei. Ich finde, es ist egal wie viel Feigen man isst. Man isst zumeist Hähnchen oder Lammfleisch. In Algerien ist es normal selber zu schlachten. Man kauft ein Schaf irgendwo und hat dann richtig viel leckeres Fleisch. Die Tiere sind nicht teuer. Ein Schaf kostet ca. 120€ mit 40kg Fleisch. Es gibt Fisch. Die Frauen backen gerne Kekse. Im Grunde ist es aber alles Langeweile. Es ist normal,sich den ganzen Tag über mit kochen und mit backen zu beschäftigen. Was soll man sonst machen? Das Leben auf dem Dorf ist langweilig. Man sitzt den ganzen Tag zu Hause, da man das Haus nicht verlassen kann als Frau. Die Nachbarn haben alle die Türe zu, ich verstehe nicht genug Arabisch. In dieser kleinen Siedlung kennt sich jeder, aber ich fühl mich einsamer als in einem Hochhaus. Im Haus selber, in Gingitta, geht der Hype ab. Andauernd rennt mir jemand in die Bude, egal ob ich schlafen will oder auf der Toilette bin. Meinem Mann ist das egal. Ich hab fünf Kinder. Hätte ich die in Gingitta zeugen wollen, dann hätte ich meinem Mann mit Konsequenzen gedroht, wenn er keine zieht. Sex ist am Tage nicht verboten, nur unmöglich, wenn man so eine Familie hat. Und das beste noch: Unsere Wohnungstür hat noch nicht mal eine Klinke und das Schloss keinen Schlüssel. Als mein Mann ein neues Schloss versucht einbauen zu lassen, geht gleich die ganze Tür kaputt, da diese von innen hohl ist. Es kommt also in der Wohnungseite ein Vorhängeschloss an die Tür. Weil mir aber das ganze hin und her in der Bude zu viel ist, benutze ich es auch. Es klopft permanent penetrant und uneinsichtig unnachgiebig. Nach dem zwanzigsten Mal habe ich keine Lust mehr zu öffnen und lass die Tür zu. Nur diesmal ist es mein Mann, der hinter der Tür steht. Der Boss, der

Checker, hat dann die Tür eingetreten, um reinzukommen. Ich geh da zu Grunde irgendwie. Gingitta ist etwas ganz Besonderes.

Jetzt ist das Vorhängeschloss auch kaputt und mein Mann kauft eine neue Tür. Jetzt geht`s. Abschließen und Tür zu. Na ja. Aber begriffen hat es trotzdem keiner. Oder doch? Wenn man in die Wohnung rein kommt, steht man in einem Vorraum. Der Raum kann als Garderobenzimmer genutzt werden. Der Raum ist aber eher unverplant und bildet den Mittelpunkt zwischen allen anderen Zimmern. Hier steht alles rum,was von der Reise auszupacken ist. Das Gepäck ist mehr als ich gedacht habe. Mein Mann und seine Klamotten. Zu viel Schuhe, zu viel Hemden, zu viel Hosen, zu viel undeffinierbares Zeug, womit er denkt Geld verdienen zu können. Ich habe dazu keine Lust. Ich fühle mich belästigt, drangsaliert und in meinen eigenen Bedürfnissen untergraben. In unserem Schlafzimmer steht ein Bett im Maß 140cm x 200cm. Dieses Bett hat kein Lattenrost, sondern ein festes Untergestell aus Holz. Dieses Bett kann nicht einkrachen und ist

hart, trotz weicher Matratze. Wenn man es verstanden hätte oder mein Mann, dann könnte die Nummer auf dem Bett genauso hart werden wie das Untergestell. Ich verstehe den Mann nicht. Mein Mann tut die ganze Zeit so als ob er unanständig und frech ist, aber wenn`s denn um was geht, ne harte Nummer, dann....! Aber nun denn... wir sind in Gingitta, mein Mann ist da geboren und er sagte, es wäre dunkel gewesen zu dem Zeitpunkt. Ob man nun tags Kinder kriegt oder macht: es sollte so kommen wie es muss. Aber wir sind in Gingitta!!!
Wir haben einen sehr großen Kleiderschrank mit drei großen Türen. In Tür eins bin ich mit meinen Mädchen. Ich hab drei Mädchen. Die mittlere Tür ist abgeschlossen und gehört komplett meinem Mann. In der letzten Tür haben die zwei Jungs und mein Mann seine Klamotten. Für die Kinder reicht`s, aber für meinen Mann noch lange nicht. Auf dem Garderobenständer hängen an die 20 Hemden und 5 Jeans mindestens von ihm. Unter dem Bett stehen 10 Paar Schuhe, auch von meinem Mann. Immer wenn die Kinder reinkommen, legen sie ihre Klamotten auf

das Bett. Das bedeutet auch das Bett ist ruckizucki dicht. Ich hatte keine Lust mehr und alles runter geschmissen in die Ecke irgendwo. Egal wie oft ich aufräume, jeder bringt alles durcheinander. Im Schlafzimmer steht eine Kommode mit einem großen Spiegel.

Die Kinder und mein Mann sind wirklich in der Lage alles durcheinander zu bringen. Überall liegt etwas rum, jeder kommt mit Schuhen in die Wohnung, so dass ich morgens beim Fegen eine riesen Schaufel Sand zusammen bekomme. Die Wäsche ist dreckig, die Toilette durcheinander und die Fliesen sind nass und dreckig. Eine unglaubliche Situation, obwohl wir in Algerien noch nicht mal die Hälfte an Klamotten haben.

Im Wohnzimmer ist genau die gleiche Situation. Ich finde auch hier unsere Wohnung schöner. Wir haben vier große Sofas, einen kleinen Tisch und einen großen Wohnzimmerschrank, in dem ein kleiner Fernseher steht. Sowieso... einen Fernseher braucht man nicht. Ich verstehe eh kein Wort. Alles nur Arabisch. Auf einem Sofa ist auch

alles voll von Klamotten von meinem Mann.
Es liegen Winterjacken und Hemden da
drauf. Ich finde das unmöglich. Er sagt, er
will alles verkaufen.
In Deutschland erzählt er mir, er hätte 2000
Euro für alles bekommen. Tse... Das ich
nicht lachen!!
Als ich ihn mal gefragt habe, wie viel ein
Schaf kostet, sagt er, es kostet 1000 Euro.
Entweder der Mann weiß nicht, was er macht
oder der Mann weiß nicht, was er sagt.
Wir haben eine Klimaanlage im
Wohnzimmer. Das ist sehr angenehm.
Besonders im Sommer in der Mittagshitze.
Es wird bis zu 45 Grad in der Sonne. Wir
haben im Wohnzimmer einen kleinen Balkon
und in der Küche. Auf dem Balkon in der
Küche hänge ich die Wäsche auf.

Mich hat mal jemand gefragt, was ich
vermissen würde aus Deutschland, wenn ich
in Algerien bin. Ich kann darauf nicht richtig
antworten, weil ich nichts aus Deutschland
vermisse, sondern eigentlich nur keinen Bock
habe ausschließlich nach Algerien zu fahren.
Ich dachte mal, mein Mann wäre weltoffen

und weitsichtig. Das ist er nicht. Er ist langweilig. Er macht immer nur das Gleiche und sonst ist er gegen alles. Er redet über alles und jeden schlecht. Ich bin so gelangweilt und gedemütigt von seinem Gerede, dass ich kein Interesse habe, mich mit ihm zu unterhalten. Es geht nur noch um das Notwendigste. Das Notwendigste sind eben Kartoffeln und Tomaten, oder Zwiebeln.

Nicht nur ich und meine Kinder und mein Mann waren in diesem Jahr in Algerien, sondern auch mein Schwager aus Deutschland mit seine Frau (?) und seinen drei Kindern. Seine Frau (?) hat sich wohl mal zum Islam bekannt, sich aber nie so richtig um den Glauben gekümmert. Man kann sie eher als jemanden bezeichnen, die sich den Umständen anpasst. In Deutschland trägt sie kein Kopftuch, in Algerien schon. Nun, jeder soll damit leben wie er will oder nicht will. Wenn man im Islam behauptet, es gibt keinen Zwang, dann soll sie machen wie sie denkt. Aber ich frage mich, ob man so etwas nötig hat, sich ein Kopftuch anzuziehen in Algerien, wo doch Algerien ein muslimisches Land ist. Ist den Algerien ein Land, in dem die Scharia gültig ist oder ein Land, in dem Andersgläubige unterdrückt werden?

Als ich damals das erste Mal nach Algerien gereist bin, war ich nicht nicht Muslima. Ich habe dementsprechen auch kein Kopftuch getragen. Ich lehnte den Islam ab, fand aber richtig derbe tiefgläubige Muslime lustig und auch sehr straight. Mir war egal an was andere Leute glauben und ob nun Islam die Wahrheit ist oder nicht, hat mich nicht interessiert. Ich bin selbst Vertreterin der Wahrheit. Also von daher...!

Islam ist aber sehr interessant und wenn man denkt, man ist am Ende des Wissens angelangt oder hat ein bisschen Wissen, merkt man sofort dass sich bei der Öffnung von einer Tür, sofort weitere fünf Türen öffnen, die es auch zu erkunden geht. Islam hat mich noch nie gelangweilt aber stets erneut gefordert. Aber die Suche nach Wissen ist spannend. Ich weiß genau, dass ich nicht weiß und ich weiß auch genau, dass ich nicht kann.

" Über jedem, der Wissen hat, steht einer,
der mehr an Wissen hat. "
Quran 12:76

Dementsprechend bin ich mir sicher, immer
unter dem Niveau eines anderen zu liegen.
Egal, um was es dabei geht. Weil Wissen
auch gleich Können ist.
Aber nun denn. Ich wollte über das Kopftuch
schreiben. Als ich damals das erste Mal in
Algerien war, hab ich niemanden den
Gefallen getan, etwas zu sein, was ich nicht
bin und etwas zu sagen, wovon ich nicht
überzeugt war. Das tue ich heute auch nicht.
Nur das Problem ist: Auch wenn man in
Algerien kein Kopftuch trägt oder doch. Die
Frage ist „Woran glaube ich und warum
mache ich das? Kopftuch tragen."
Wenn es nur einen Gott gibt, dann gibt es
auch nur eine Erde. Wieso ist die Erde
plötzlich anders, nur weil ich auf einem
anderen Kontinenten bin? Der Glaube oder
die Umsetzung von Wissen ändert sich
nirgends auf der Welt. Warum also macht sie
etwas in Algerien, was für sie in Deutschland

Algerien? Islam bedeutet sprachlich, sich
Gott zu unterwerfen. Der Muslim ist ein
gottergebener Mensch. Der Islam in
Algerien, also die Scharia, ist das, was Papa
macht oder die Nachbarn und die Meinung
eines Jeden. Dann gibt es noch die Imame.
Aber da es viele Imame gibt und jeder
sowieso von denen das Gleiche redet, spielt
auch das Wissen der Gelehrten keine Rolle.
Was mache ich jetzt mit der Scharia in
Algerien? Ich denke genau das Gleich wie
Bouteflika mit der Politik. Bouteflika, der
Präsident von Algerien, den interessiert
nämlich auch niemanden. Man redet
manchmal über ihn. Mir ist nur seine
Funktion nicht klar. Er soll wohl im Rollstuhl
sitzen, schon sehr alt geworden sein und
politisch nicht mehr aktiv. An den
Hauswänden oder an Laternen auf den
Straßen sind manchmal sehr freundlich
lächelnde Fotos von ihm aufgehangen. Aber
sonst?
Es heißt Algerien wird vom Militär regiert
und Bouteflika ist eher so etwas wie eine
Figur. Manchmal steht Gendarmerie auf der
Straße, um die Autos zu beobachten. Die

Gendarmerie steht auf der Straße mit Maschinenpistole um die Schulter gelegt und guckt. Die machen aber nichts. Es steht auch Gendarmerie an den Straßenseiten. Als Autofahrer beobachtet man die Straße, vermutet oder fühlt die Gendarmerie auch nur dort. Tatsächlich stehen aber noch weitere Posten am Straßenrand. Früher war es in Algerien mal sehr gefährlich. Es waren viele Terroristen in den Bergen. Es wurde gekämpft. Manchmal gab es falsche Gendarmerie. Als ich 2008 das erste Mal nach Algerien fuhr, stand überall an jeder Straßenecke Gendarmerie. Heute, 2017, ist es ruhig geworden.

In Algerien gibt es Gas und Ölvorkommen. Wer weiß, was mit der Kohle aus dem Gewinn daraus passiert? Inzwischen wurden Autobahnen gebaut, die Straßen sind durchgängig asphaltiert. Auffallend ist aber, dass beinahe alle Häuser noch unvollendet im Rohbau sind. Eine Etage ist fertig, die nächste geplant aber unvollendet. Nur ganz wenige Häuser sind wirklich zu ende gebaut. Entweder es gibt keine Rohstoffe oder die Rohstoffe sind zu teuer. Was der Grund ist

für den planmäßigen kollektiven Baustopp/
bau ist nicht ersichtlich. Vielleicht leben die
Leute noch unter der französischen
Kolonisation. Französisch war in Algerien
noch vor etwas kurzer Zeit Amtssprache.
Aber da sich Algerien so nach und nach von
dieser Zeit erholt, ist jetzt Arabisch die
Amtssprache. So langsam scheint es doch
voran zu gehen mit Algerien. Aber ob nun
voran oder nicht oder die Meinung dazu, so
ganz sicher bin ich mir nicht.
Algerien ist kein Industrieland und produziert
selber. Alles, was es dort zu kaufen gibt,
kommt zu meist auch China. Die Klamotten
kommen aus China, die Autos, die Schuhe.
Das, was im Land produziert wird, sind Obst
und Gemüse und es wird Tierwirtschaft
betrieben. Das bedeutet, es gibt nur wenig
Gemüse und überall das Gleiche. An den
Straßen gibt es kleine Marktstände, an denen
man Zucchini, Aubergine, Gurken, Tomaten,
Salatherzen, Zwiebeln, Kartoffeln,
Knoblauch kaufen kann. Je nach Jahreszeit
ändert sich das Angebot. Sobald die Feigen
reif sind, gibt es überall Feigen. Die Feigen
sind sehr lecker. Für unsere deutschen

Verhältnisse ist es spannend aus Feigen Marmelade zu machen. Ist man aber lange in Algerien und man hat sich daran gewöhnt, viele Feigen zu essen, verlieren diese Früchte die Exotik und man haut die eigentlich nur noch weg. Ich finde viele Feigen zu essen richtig. Besonders dann, wenn sie frisch geerntet sind und kalt aus dem Kühlschrank kommen. Sowieso, die Feigen werden schnell weich und datschig und da bleibt nur eins: alle aufessen. Es gibt Stände, an denen gelbe und grüne Melonen verkauft wird. Die Bauern fahren mit den Melonen mit großen Transportern über das Land. Auch die roten Melonen sind sehr lecker und saftig. An den Straßenseiten der Hauptstraßen wird Mais auf Holz in alten Ölfässern gegrillt. Man denkt immer, wenn man an einer Tankstelle tankt, dann kann man auch dort Snacks oder Kekse kaufen. Dem ist aber nicht so: An den Tankstellen wird getankt und das war`s. Oftmals ist es so, dass es Tankwarte gibt, die den Job erledigen. Man bezahlt den Sprit direkt an der Zapfsäule. Aber es gibt anderswo auch Häuschen, wo man bezahlen kann. Und wenn es dann ein Häuschen gibt, kann man Öl kaufen oder Scheibenreiniger, Autoschaum oder sonst so Zeug. In Algerien gibt es irgendwie alles, nur klappen tut da nichts. Es kann gut sein, dass es daran liegt, dass Gingitta ein Dorf ist, aber wirklich sicher bin ich mir nicht.

Oder die Dummheit liegt am schlechten Arabisch meines Mannes und seiner Fähigkeit Deutsch zu übersetzen. Ich wollte Hefe haben, gebracht wurde mir aber Bachpulver. Und warum? Weil mein Mann verstehen wollte, dass man Kuchen mit Backpulver macht. Stimmt aber nicht. Ich wollte einen Hefeteig machen. Entweder er wollte mich nicht verstehen oder hat impliziert zu wissen, wie man, womit backt und in seinem Kopf Kekse gehabt, anstatt Kuchen.

„Meine leiben Herren der Schöpfung! Wenn eine Frau sagt, sie will das oder das haben, dann bringt das her. Niemand verlangt Euch Kenntnisse ab oder Wissen, wenn es reicht zu gehorchen!!!"

An den Straßen wird gegrillt überall. Kleine Fleischstücken werden auf Spießen über eine Gasgrill gegrillt und in Baguette gesteckt, mit

Pommes oder Salat mit drinne, wenn man will. Ein sehr billiger und sehr leckerer Snack. Die Brote machen auch satt.

Man kann beinahe überall Pizza kaufen. Nur der Käse ist anders in Algerien. Der Käse zerläuft nicht und trocknet sofort ein. Es bringt auch nichts den Käse lange im Ofen zu lassen und ihn über der Pizza zu überbacken. Das Überbacken funktioniert zwar beim Gasherd, aber dem Käse scheint es egal zu sein. Es gibt kaum Käse zu kaufen, obwohl beinahe jeder eine Kuh hat. Es gibt Butter und Buttermilch, aber nur Joghurt und keinen Quark. Der Joghurt schmeckt nach Erdbeeren, ist aber farblos und ohne Fruchtstückchen. Das bedeutet, der wunderbare Jogurt mit Frucht ist aromatisiert.

Es gibt nur Wasser ohne Kohlensäure oder Limo, aromatisiert mit Kohlensäure. Dabei kommen mir grad wieder Zweifel! Wenn man Limo hat, die Kohlensäure hat, warum ist man denn nicht in der Lage auch Mineralwasser zu haben mit Kohlensäure? Wo ist denn da jetzt wieder Haken oder die Störung? Algerien ist merkwürdig.

Irgendwann mal mussten die Algerianer ein
großes Opfer bringen. Wer weiß warum oder
was die geritten hat, aber Brot schien mal
knapp zu sein. Und da Brot immer noch nicht
geht, sondern nur Baguette, war da mal schon
mehr was faul. Man backt in Algerien ein
Brot, das platt wie eine Flunder ist und rund.
Das Brot wird aus Mehl, Grieß, Salz, Wasser
und Hefe zusammengeknetet und später auf
einer Porzellanplatte über einer Gasflamme
gebacken. Das Brot heißt Kisre und ist
genauso kultig wie widerlich. Das Brot
schmeckt überhaupt nicht. Aber die
Algerianer backen das Brot mit Begeisterung
und feiern es auch. Ich bin mir auch nicht
sicher, ob das Backhandwerk in Algerien
nicht eher eine Notdurft ist als ein Handwerk.
Also... wenn man Milch hat, Hefe,
Backpulver, Mehl, Zucker, Vanillepudding
und all das, was dazu gehört, um richtig
guten Kuchen zu backen, wieso gibt es denn
nur Berliner? Da muss doch mehr gehen. Es
gibt Konditoreien, da wird Biskuitkuchen
gebacken und mit allen möglichen
künstlichen Cremes gefüllt. Torten kann man
auch kaufen. Ich hab einen riesen Zweifel an

Algerien, dass das Volk mit dem was sie
haben, wenn sie denn in der Lage wären,
etwas hinkriegen. Egal was angefangen wird,
es wird sich daran zu Grunde gerichtet.
Für heute bin ich aber genug rumspaziert und
hab mich in vielen Geschäften rumgetrieben.
Ich will zurück nach Gingitta jetzt. Wir
fahren mit dem Auto über asphaltierte
Straßen. Das Land ist grün und hügelig.
Überall stehen Olivenbäume,
Granatapfelbäume, Orangen- und
Zitronenbäume. Die Bäume sind grün, das
Gras ist grün. Es ist Sommer und sehr heiß.
Die Sonne prallt mit 45 Grad direkt auf unser
Auto. Ich bin froh, dass wir eine Klimaanlage
haben. Mit dem Wort froh, fängt allerdings
auch die Pleite an. Dieses Dummgetue muss
den Algerianern im Blut stecken. Man hat,
aber man kann und will nicht. Mein Mann
verbietet die Lüftung anzumachen. Ich muss
das Fenster öffnen. Nur bei 90km/h fegt der
Wind so laut und es zieht, dass ich lieber das
Fenster runterdrücke. Hey Hoh....Ich feier
jetzt die Elektronik. Elektrische Fensterheber
und Klimaanlage. Ich ersticke im Auto und
krieg keine Luft mehr, oder ich krieg Luft,

jedoch bekomme ich gleichzeitig Ohrenschmerzen. Kaum, dass wir in der Ortschaft sind, macht mein Mann die Klimaanlage an. Die Ortschaft dauert 5 Minuten, dann geht die Klimaanlage wieder aus und das Fenster auf. Mein Kreislauf spielt verrückt. Ich geb ja zu: Klimaanlage im Auto und konstant 22 Grad, davon kriegt man eine Grippe, wenn die Außentemperetur über 45 Grad ist. Gesund ist es auch nicht. Aber Pause Chef. „Wer war jetzt wirklich der Idiot?" Ha, ich weiß. Ford ist doof. Weil die haben in den S MAX eine Klimaanlage gebaut, mit der mich mein Mann foltert. Oder er foltert mich mit den elektrischen Fensterhebern.

Ich will meine Toyota Yaris wieder haben. Jetzt!!!

Am besten ist noch, wenn durch die brütende Hitze und unser Atem eine so hohe Luftfeuchtigkeit entsteht, dass alle Scheiben beschlagen. Wir sitzen mit sieben Personen oder mehr im Auto und plötzlich geht nichts mehr mit Sehen. Für einen solchen Notfall gibt´s auch eine Lösung. Es gibt einen Schalter, der, wenn man ihn drückt, einen

starken sehr heißen Wind erzeugt. Jetzt
haben wir Wind und die Temperatur steigt
binnen kürzester Zeit auf 10 Grad wärmer. Es
ist sehr heiß. Noch heißer als vorher und
aber, die Fenster werden wieder durchsichtig.
Mein Mann hat ein gestörtes Verhältnis zu
Luft, Temperatur und Technik. Er lehnt
Technik ab, beansprucht sie aber andererseits
brutalst daneben. So etwas nennt man eine
herkunftsbedingte genetische Störung!!!
Wir kommen in Gingitta an und fahren den
etwas steilen holperigen Sandweg entlang zu
dem Haus meines Schwiegervaters. Vor dem
Haus liegt ein Hund. Der Hund liegt unter
dem Auto meines Schwagers. Er liegt teils
mit dem Körper unter dem Auto und die
andere Körperhälfte guckt unter dem Auto
vor. Der Hund ist ein Mixhund. Es handelt
sich bei dem Hund nicht um eine Rasse,
sondern um einen Hund. Der Hund hat ein
gelbbraues Fell, ist etwas parasitär und sehr
müde und faul. Der Hund schläft.
Wenn dieser Hund schläft, dann ist er
ansprechbar und berührbar und auch tragbar
oder tretbar. Man kann an ihm ziehen und er
schläft weiter. Man kann ihn hochheben und

er schläft weiter. Die Kinder schreien ihn an, es wird ihm gedroht. Egal, was man macht. Der Hund rührt sich nicht. Die einzige Möglichkeit den Hund zum Abflug zu bewegen, ist ihm ein Eimer Wasser über den Kopf zu schütten. Ja ist es denn wahr??? Ich hab noch nie so einen bekloppten Hund gesehen. Der Hund isst normal, er hört normal, er läuft normal aber er ist gestört. Der Hund ist zahm, drängt sich nicht auf, will auch nicht gestreichelt werden oder begrüßt die Leute irgendwie. Der Hund ist devot und penetrant. Ein stabiler alter Opa mit senilem Eindruck. Aber der Hund ist nicht alt.
Manchmal werden Hunde verschenkt von meinem Schwiegervater. Ich weiß garnicht, wie man den Hunden beibringt, sie würden woanders wohnen. Oder ob die zu faul sind und zu doof und generell zu dumm, um zurückzulaufen?
Manchmal laufen kleine Kätzchen über Hof. Auch die Kätzchen dürfen nicht ins Haus. Aber es gibt kleine Vogelkäfige mit Vögelchen. Die Vögelchen sind manchmal im Haus, wenn es in der Garage zu heiß ist. Meine Schwiegermutter mästet im Hof

Enten. Das ist auch unglaublich. Ich hätte nie in meinem Leben gedacht, dass man Eiderenten mästet und in den Ofen schieben will. Diese süßen kleinen Eiderenten sind bei uns nie fett und erinnern mich an das Kinderlied „Alle meine Entchen schwimmen auf dem See". Und jetzt fahr ich nach Algerien und sehe genau diese Tiere bei meiner Schwiegermutter im Garten. Die Enten sind fett, können nicht fliegen und trinken mein Waschwasser von den Klamotten. Ich glaub`s ja wohl nicht. Weil, wenn ich oben die Wäsche wasche und das Wasser auskippe, landet das ganze Brauchwasser bei den Enten.

Im Garten haben wir einen Esel. Der Esel steht den ganzen Tag in der Sonne und frisst Stroh und Gras. Er sieht gesund aus. Dem Esel scheint es auch nicht langweilig zu sein. Er bekommt zu trinken. Ich hab noch nie den Esel in Gesellschaft gesehen oder gesehen, dass ihm jemand zu trinken gibt. Warum hält man sich einen Esel, weiß ihn aber nicht zu nutzen oder hat sonst eine Idee damit? Wenn man einen Esel hat und er ist egal, dann kann man auch zwei oder drei Esel haben und die

Esel sind egal. Esel sind in Gingitta wie
Gartenzwerge. Jeder hat einen, jeder findet
die schön. Esel sind normal. Wozu sowas?
Wenn, dann mach mal drei Esel, dann guck
ich zu wie die einen Vierten machen. Ich will
mal sehen. Eselsex, Eselgeburt, Esellullern.
Was geht noch mit Eseln? Lastentragen, das
Feld pflügen. Man hat doch keinen Esel, um
einen Esel zu haben. Gingitta!!!
Meine Schwiegermutter hatte früher mal
viele Hühner. Nachdem alle aufgegessen
waren, ist sie auf Enten umgestiegen. Wir
haben nur noch zwei Hühner in Algerien.
Hühner sind frei oder nicht frei, finden aber
trotzdem, genau wie die Enten in ihr Gatter
zurück. Hühner legen ihre Eier, wo sie
wollen. Meine Schwiegermutter holt die Eier
manchmal aus dem Gebüsch oder aus den
Kakteen.
Aber nun denn. Ich war im Haus und ums
Haus. Jetzt kommt das pure Leben. Ich gehe
nach oben nach der Einkaufsfahrt, ziehe mir
eine Gandora an, wasche die Kinder und
gehe zu Abend essen. Jeden Abend nach
dem Abendessen versammelt sich die ganze
Familie auf der Terrasse. Es wird sich

unterhalten und Hindi gegessen. Ich bin froh, dass ich nicht alles verstehe. Ich finde es langweilig zuzuhören, was andere Leute machen. Ich finde auch langweilig, wenn mich jemand andauernd fragt ob es mir gut geht oder ob ich etwas trinken will. Ich muss da weg.

Ich geh also wieder nach oben und zieh mich aus. Ich finde auch die Familie muss mal Feierabend haben und ich Privatleben. Nicht lange und es kommt jemand und klopft und bringt mir Melone. Noch etwas später kommt mein kleiner Sohn und will schlafen, verschwindet aber gleich wieder, weil es draußen zu laut ist von dem Gequatsche und er was anderes doch interessanter findet. Meine kleine Tochter wird hin und her gezogen. Mal ist sie unten und sie will keiner haben, mal ist sie oben und nervt und ist anhänglich. Sie ist willkommen, ist geliebt, wird getragen und geknutscht und gefüttert und ihr wird etwas zu trinken gegeben. Zwischendurch kriegt sie einen frischen Popo.

Auch sie, meine kleine Tochter ist grad unten und wird von Schoß zu Schoß beschmust.

Die kleine Madam ist anhänglich und schüchtern mit den vielen fremden Leuten. Es ist laut draußen von dem Gequatsche. Ich kann nicht schlafen. Die Laterne leuchtet direkt ins Schlafzimmer. Es kommen wieder Kinder rein und raus. Bis dann endlich mal um nach 0:00 Uhr Ruhe ist. Jetzt, wo sicher ist, das alles ruhig ist und vorbei, kommt auch endlich mein Mann hoch.

Ich bin gelangweilt, genervt und hab keinen Bock mehr.

Er geht ins Badezimmer und ist laut. Ich weiß nicht, wie ein Mann, nur dadurch dass er die Wohnung betritt, nervt und stört. Mein Mann schläft auch nicht im Bett, sondern haut sich im Wohnzimmer auf die Matratzen vom Sofa, die er erst runter zerren muss. Den Kindern klaut er, wenn sie schlafen, das Kopfkissen. Sonst geht es ihm aber gut!

Ich schlafe im Bett mit meiner Tochter auf der härtesten Matratze der Welt und auf dem unkaputtbarsten Untergestell, was ich je gesehen habe. Ich frage mich nun: „Ist das mit dem Bett jetzt inkompetent oder nicht adäquat? Wer jetzt? Mein Mann oder das Bett?

Schlafen ist besser jetzt.

Ich wache morgens schon sehr früh auf.
Eines Teils weil es sehr früh hell wird und
auch warm und andererseits weil der Adhan
über das Mikrofon die Menschen zum Gebet
ruft. Mein Mann steht auf, wäscht sich,
macht Wu`du und geht in die Moschee zum
Morgengebet.

Es dauert etwas bis er wieder kommt. Er hat
Baguette mit und frische Kuhmilch für uns.
Kaffe koche ich alleine oben. Die Kinder
schlafen sehr lange. „Lasst es Euch gut gehen
meine lieben Kinder!"

Wir haben verabredet heute nach Skikda zu
fahren. Die Kinder wollen an den Strand. In
Algerien ist die Gesamtküste 998 km lang. Es
ist schön am Strand. Meistens gibt es
Sandstrand oder Steinstrand. Mann kann da
wirklich sehr gut schwimmen gehen. Und es
geht wirklich nur um den Mann in Algerien.
Es sind nur Männer an den Stränden. Ich
finde es absolut unmöglich ober oberpeinlich,
mich als Frau dahin zusetzten. Zwischen all
den Männern, die da nackig rum laufen, nur
mit eine Badehose bedeckt. Ab einem
gewissen Alter entwickelt der Mensch

Scham. Ich schäme mich da zu sitzen und da zu sein. Ich schäme mich, mich in einem Kleid in brütenden Hitze am Strand zu sitzen. Ich schäme mich mit einem Kleid ins Wasser zu gehen. Das Kleid schützt mich überhaupt nicht. Wenn man mit einem Kleid ins Wasser geht, dann sieht man erst recht alle Konturen meines Körpers. Ich bin angezogen. Aber durch die Nässe zieht sich der Stoff an meinen Körper, so dass Mann eindeutig meine Brust sieht, meine Kurven und auch meinen Schambereich. Ich hab das nie gemacht, mit Klamotten ins Wasser. Ich gehe nie an den Strand.

Ich finde diese Strandsituation in Algerien einfach nur unverschämt. Warum? Warum ist es unmöglich einen Strand nur für Frauen in jedem Ort zu schaffen? Es sind 998 km Küste. Ich habe kein Verständnis dafür und finde diese Situation familienunfreundlich und a s o z i a l.

Eigentlich ist die Strand- und Stadtsituation in Algerien so wie in allen Küstengebieten. Überall in der Nähe des Strandes wird an den Straßen Strandartikel verkauft. Badehosen, Schwimmhilfen, Minipools für Kleinkinder,

Pools etwas größer, Strandstühle, Zelte. Es steht Händler neben Händler. Eine bunte Situation ergibt das.

Das Wasser an den Mittelmeerstränden ist sehr klar und manchmal auch angenehm warm. Mittlerweile gibt es Putzkolonnen, die den Strand säubern. Es liegen Flaschen überall rum, überall liegt Papier rum. Allerhand undefinierbares Zeug liegt an den Stränden rum. Es gibt zwar Mülleimer, aber geleert werden die nie. Der Müll quillt über. Es gibt niemanden, der Sauberkeit wertschätzt oder Verantwortungsbewusstsein zeigt für Mensch und Umwelt.

Die Müllsituation in Algerien ist allgemein sehr Spektakulär. Es werden in den Städten öffentliche Mülleimer aufgestellt. Die Mülleimer sind nicht für einen Haushalt, sondern für einen bestimmten Abschnitt. Vielleicht nach Einwohner und Häusern steht die Kalkulation.

Das bedeutet, jeder Haushalt muss seinen Müll weit tragen, um ihn öffentlich zu entsorgen. Da Müll niemanden interessiert, ist Müll egal. Müll machen, Müll haben, Müll irgendwo hinschmeißen ist alles das

Gleiche. Da es nur den Müllcontainer gibt, aber niemanden, der den Müll abholt, sind die Mülltonnen schnell überfüllt und kaputt. Teilweise sind die Mülltonnen umgekippt oder in den Straßenrand gedrängt. Ich hab so etwas noch nie gesehen. Eine Mülltonne, voll bis zum geht nicht mehr und noch mehr Müll drum herum im Umkreis von 6m².

Aber es gibt nicht überall Mülltonnen. Und ob nun Mülltonne oder nicht. Im Zweifelsfall landet der Müll sowieso auf der Straße oder im Straßengraben. Wen interessiert`s?

Nicht das Algerien übermäßig dreckig ist. Dreck ist nur einfach egal. Es ist trocken und sandig. Alles, was natürlich abbaubar ist, wie Bananenschalen oder Maiskolben. - Ab dafür!!!

Die Algerianer sind eh nicht in der Lage. Müllkontainer ja, aber niemand, der sie entleert.

Wer`s verstanden hat, Finger hoch!

Wir wollten in Skikda mal eine SIM- Karte kaufen für mich. Warum auch immer? Meine SIM- Karte aus Deutschland, mit der kam ich nicht ins Internet. Wir sind also auf die wunderschöne Hauptstraße, auf der

Shoppingmeile gelaufen und meine Nichte wollte für mich eine SIM- Karte kaufen. Meine Nichte ist mein Finanzminister in Algerien. Weil die kennt sich mit der Kohle aus da, ich nicht. Es gab an dieser ganzen Promenade nicht ein Handygeschäft, das SIM- Karten verkauft. Ich fand das unglaublich. Wir mussten nach Sidi Medzriche, um eine SIM- Karte zu bekommen. Und sowas ist dann eine Großstadt.

Skikda o mein Skikda. Skikda ist eine große Stadt mit einer großen Altstadt. Eigentlich ist in Algerien alles alt oder nicht fertig, was das Bauen angeht. Die Häuser, die fertig sind, stammen aus der Zeit der französischen Kolonisation. Diese Häuser haben auch einen anderen Baustil, als der der Algerianer. Es gibt viel Häuser, die niemandem gehören und einfach so vor sich hin verrotten. Die Türen und Fenster sind zugemauert. Das Gebäude verfällt unaufhaltsam. Durch diese Situation wirken die Städte sehr ungepflegt. Es geht nicht unbedingt darum, dass überall Dreck ist. Es ist eher ein Gefühl von egal, unfertig, Stillstand und Entwicklungsblockade.

Algerien könnte, ist aber durch irgend etwas gehemmt. Algerien ist am Ersticken, es stranguliert sich, jedoch ohne ein Seil zu haben, um sich festzubinden und zu vollenden.

Soweit wie ich es gesehen habe, gibt es in Skikda mehr Wohnhäuser als die Möglichkeit zu shoppen. Aber was shoppt man in Algerien? In Skikda ist der Port für die Fähren von SNCM.

Ich will zurück nach Gingitta.

Als wir wieder in Gingitta sind, wird das ganze Haus geschrubbt. Schrubben sieht so aus: Man hebt alle Teppiche an und fegt zuerst aus, dann wird großzügig Putzmittel ausgekippt und sehr viel Wasser darüber geschüttet. Die ganze Bude ist 1cm hoch mit Wasser, auch das Treppenhaus.

Ich habe Angst da durchzugehen- Nicht dass ich ausrutsche. Besonders die Treppen sind jetzt gefährlich. Ich fasse meinen ganzen Mut zusammen, guck einmal um die Ecke, nicht dass mich jemand erwischt und dann schleiche ich mich unauffällig nach oben. Meine Schwägerin will sich verloben und das Bedarf einer besonderen Maßnahme des

Putzwahns. Jetzt geht`s los. Dem
Wohnzimmer werden die Sofas entzogen und
es werden Matratzen ausgelegt. In der Mitte
werden klein Tischchen aufgestellt. Später
sollen die Gäste dort etwas zu essen und zu
trinken bekommen. Das, was vorher im
Wohnzimmer stand, kommt auf die Terrasse.
Auf der Terrasse wird auch ein Podest
aufgestellt mit einem riesen Thronsitz für
zwei. Das sieht sehr schön aus. Meine
Schwägerin war für diesen Tag extra zum
Friseur und hat sich hübsch schminken
lassen. Sie trägt ein sehr schönes langes
grünes Kleid. Alle Frauen machen sich
hübsch. Es kommen viele Gäste. Ihr
Verlobter hat einen Blumenstrauß mit dabei,
sich eine Anzughose angezogen und ein
kurzärmliges weißes Hemd. Es kommen sehr
viele Autos. Ich bin erstaunt, was da so alles
parken kann auf dem kleinen Platz, wenn
man da ernst macht und tatsächlich sein will.
Die Männer sitzen unten im Haus und
bekommen Buttermilch und Kuskus mit
Nüssen und Honig. Es wird sich ein wenig
unterhalten. Oben bei den Frauen spielt
Musik und es wird getanzt. Es gibt nichts zu

trinken, keiner unterhält sich. Wenn doch, dann lästert man über das Kleid der Frauen oder wie sie tanzt. Ich jetzt.

Etwas später kommt meine Schwägerin in ihrem wunderschönen Kleid mit ihrem Verlobter wieder. Beide stellen sich auf das Podest, es wird ihnen Geschenke gegeben. Meine Schwägerin bekommt einen Koffer und eine kleine Tasche mit also Zeug drinne. Unterwäsche, Schuhe, Schaum und sowas. Meine Schwägerin und ihr Verlobter stecken sich Ringe an. Es wird eine Torte angeschnitten. Henna wird in die Hand meiner Schwägerin gelegt und dazu wird ein Hennalied gesungen. Ich verstehe leider nichts.

Irgendwann gehen die Frauen in das Wohnzimmer, setzen sich dort hin und essen auch Kuskus und trinken Buttermilch. Alle sind zufrieden. Wenn alle satt sind, gehen sie zurück auf die Terrasse und es wird weiter getanzt. Meine Schwägerin hat sich inzwischen ein traditionelles Brautkleid angezogen. Jetzt kommt auch der Moment, wo jeder ein Foto mit dem Paar macht. Alle Frauen nacheinander kommen und lassen sich fotografieren mit dem Paar auf dem Podest.

Noch ein bisschen sitzen und gucken und nach ca. einer Stunde ist alles vorbei. Erst wenn der Besuch weg ist, bekommt die Familie zu essen und zu trinken.

So feiert man nach algerischer Tradition eine Verlobung. Aber auch wenn sich beide die Ehe versprochen haben, verheiratet ist man erst nach der Hochzeit und dem Besuch beim Standesamt. So lange sind die beiden noch lange nicht. Deswegen bleiben beide auch noch getrennt, bis zu dem Zeitpunkt, an dem sie tatsächlich heiraten. Tja.. andere Länder, andere Sitten. Der Islam hat auch etwas damit zu tun.

Aber auf dem Weg. Ich bin mir sehr unsicher mit dem Islam in Algerien. Islam ist Staatsreligion, aber Wissen? Was ist mit Wissen? Wenn es nur den Quran gibt und nur die Sira, aber keine oder wenig Hadithbücher, wo nehmen die Algerianer die Scharia her?

Man kann doch nicht was machen oder festlegen, nur weil es der Papa oder die Verwandten auch so machen. Immer wenn

ich meinen Mann frage, warum er Muslim
ist, sagt er, sein Vater ist auch Muslim und
die ganzen Generationen vor ihm. Wenn ich
ihn frage, warum der Islam die richtige
Religion ist und warum er betet, hat er keine
Antwort und wird aggressiv. Er verfällt dann
in schlechtes Benehmen und sagt zu mir, Du
hast keine Ahnung.
Wenn ich jetzt einen Strich drunter setze,
dann merkt man sofort, der Mann weiß nicht,
was er macht und was er sagt. Muss ja!
In Algerien gibt es keine Pressefreiheit.
Journalisten, die unabhängig berichten,
werden eingesperrt oder sie bekommen
Schreibverbot. Die Zeitungen sind staatlich
und werden auch staatlich gedruckt. Das
Volk bekommt also nur die Informationen,
die erwünscht sind. Das bedeutet, es wird
schön geredet und verschwiegen. Wenn man
nicht berichten darf, unterschlägt man
wichtige Informationen, die einem
Wachstum oder der Entwicklung eines
Landes förderlich sind. Wenn man Probleme
nicht bearbeitet und umsichtig löst, erreicht
man einen Stillstand.
Das wichtigste ist in einem gut

funktionierenden Haushalt, dass man einen Weg findet, volkswirtschaftlich zu funktionieren. Was mache ich mit dem Haushaltsgeld und wodurch finanziere ich den Haushalt? Was ist mit dem Bruttosozialprodukt und mit den Im- und Export? Wie sieht es aus mit internationalen Verbindungen?

Keiner kommt aus dem Land raus, wie er will. Keiner darf in das Land rein, wie er will. Ich muss, wenn ich nach Algerien will, ein Visum beantragen. Das ist kein Problem. Ich fahre nach Frankfurt, gehe zur algerischen Botschaft, lege meinen Pass auf den Tisch eines Beamten, daneben zwei biometrische Fotos, den ausgefüllten Visaantrag und 60,-€. Wenn ich mittwochs komme, krieg ich am gleichen Tag noch das Visum. Das Papier ist nur Schikane. Wenn man nur hingeht, um 60 € zu bezahlen und der Beamte dann sofort bewilligt, dann ging es nur um die 60€ und meine Registrierung als Einreisende. Das ist Kontrolle. Für was eigentlich?

Welcher Heini fährt freiwillig nach Algerien? Der Flug ist zu teuer, es gibt keine Hotels oder zu wenige und was will man das gucken? Was ist besonders in Algerien? Strand geht nicht, weil zu viel Männer da sind. Das einzige, was cool ist, ist der Straßenverkauf von Porzellan oder Steinzeug. Aber dafür braucht man nicht nach Algerien. In Marokko oder Tunesien gibt es das gleiche. Wenn ich keine Familie hätte in Algerien und mein Mann mich nicht immer dahin zerren würde, wäre ich da nie hingefahren. Aber da ich nun Familie habe, bin ich schon sechs Mal da gewesen insgesamt. Algerien hat mal Angst gemacht. Damals, als die neue Regierung sich erst finden musste, gab es viele Anschläge und Kämpfe in dem Land.

Heute ist Abdel Azis Bouteflika der Staatsprasident von Algerien.

Abdel Aziz Bouteflika ist im März 1937 in Marokko geboren. Wir haben jetzt das Jahr 2017. Das bedeutet, der Präsident von Algerien ist jetzt 80 Jahre alt. Seit 1999 sitzt er auf dem Stuhl des Präsidenten. Es ist eine große Verantwortung in einem so hohen Alter noch als Staatsoberhaupt zu fungieren. Er sitzt im Rollstuhl, hatte zwei

Schlaganfälle und wirkt kränklich und schwach. Das ist aber kein Vorwurf, sondern eine Tatsache. Irgendwann kann man nicht mehr und es sollte eigentlich im eigenen Interesse sein und zum Wohl des Volkes, ab einen bestimmten Zeitpunkt sich aus dem Amt zurückzuziehen. Nur leider steht niemand zur Debatte. Wirklich über dem Präsidenten oder besser schützend davor, steht sein Bruder Said Bouteflika und der Generalsekretär Ahmed Gaid Salah. Diese beiden Herren streiten sich unterschwellig über den Platz der Nachfolge. Es wird gemunkelt, dass Bouteflika eigentlich nur noch so etwas ist wie ein Vorzeigemensch. Man hat ihn um ihn zu haben, aber regieren tut eigentlich jemand anders. Es gibt da einen Slogan: In Algerien besitzt nicht das Land die Armee. Die Armee besitzt das Land. Im Klartext bedeutet das Korruption. Der Präsident wird von der Öffentlichkeit abgeschirmt und Journalisten, die kritisch berichten werden eingesperrt und gefoltert. Es wird erzählt, dass es bekannt ist, das Menschen auf mysteriöse Weise einfach so verschwinden.

Es geht die Angst um, dass wenn der Präsident tatsächlich stirbt, es wieder zu einem Bürgerkrieg kommt. Das Volk ist unzufrieden. Kaum jemand hat Arbeit, es herrscht Wohnungsnot, das Gesundheitssystem ist unterversorgt, das Geld ist immer weniger wert. Algerien kann dadurch seinen Haushalt nicht mehr mit dem Verkauf von Gas und Erdöl finanzieren. Die Steuern wurden angehoben. Es wird versucht zu sparen und die Mehrwertsteuer wurde angehoben.

An dieser Stelle möchte ich noch mal auf das Bildungssystem zurück kommen. Wenn es keine Pressefreit gibt, oder besser: Die Presse gut geschrieben wird, dann gibt es auch keine Bildungsfreiheit. Man darf nicht alles wissen oder auf alles, was man wissen könnte, kann man Zugriff haben. Auf Grund dieser Verhältnisse und das absolute Wissen in Algerien keine Bücher und nur eine Zeitung zu finden, zweifel ich das Abitur an. Ich denke nicht, dass Algerien in seiner Bildungsmöglichkeit einem deutschen Abitur gleichauf kommt. Ich stelle heute auch die Integrationsfähigkeit von Männern und

Frauen in den deutschen Arbeitsmarkt in Frage. Der Grund ist, dass Männer keinen Ausbildungsberuf haben. Es gibt keine Handwerksberufe in Algerien. Ganz Algerien besteht aus kleinen Kaufleuten. Eine Autowaschanlage zu betreiben, ist kein Handwerk. Die Gastronomie findet im ganzen Land nur auf niedrigsten Niveau statt. Eigentlich gibt es nur Imbisse, Straßenverkauf und geringfügigst Hotels. Frauen arbeiten in Algerien, wenn, nur als Lehrerin oder auf dem Amt. Frauen sind Hausfrauen. Nach der Schule bleiben die Frauen zu Hause und warten auf ein gewisses Alter, um zu heiraten. Nach heiraten kommt Kinder kriegen. Aus diesem Grund halte ich algerische Frauen auch nicht für volkswirtschaftlich nützlich. Nützlich ist man in Deutschland nur, wenn man sich möglichst schnell und effizient in den Arbeitsmarkt integriert. Das bedeutet, der Ausländer sollte möglichst schon mit besonders guten Kenntnissen in Deutsch in Wort und Schrift in Deutschland angekommen sein und über eine Ausbildung oder ein Studium verfügen. Das Abitur aus dem Ausland entspricht fast nie dem deutschen Bildungsniveau. Aber umgekehrt, wenn man als deutsche Frau nach Algerien kommt, ist man willkommen. Nicht weil es wichtig ist besonders gut ausgebildet zu sein oder weil man einen akademischen Titel hat. Nein. Es ist weil die Frau eine Frau ist. Wenn man eine Frau in Algerien integriert, dann macht man sie zu Hausfrau. So einfach ist das. Putzen, kochen, Wäsche waschen und den Mann verwöhnen.

Aber in Algerien kann man gut als Ausländer laufen. Obwohl wirklich gelaufen bin ich nie in Algerien, immer nur gefahren. Ich darf auch nicht aus dem Auto steigen und fotografieren. Ich habe auch noch nie mit fremden Leuten geredet, nur wenn ich shoppen war, mit den Händlern. Ansonsten bin ich immer in und mit der Familie. Wenn wir irgendwo anhalten und ich in einem Imbiss auf die Toilette muss, bringt mich mein Schwager dorthin bis über die Straße und wartet bis ich fertig bin vor dem Eingang des Imbisses. Ja, ja. Ist nett von ihm!

Ich merke gerade, ich bin ins Schwätzen gekommen. Am nächsten Tag in Gingitta ist wieder was anderes sehr wichtiges los. Es

steht nämlich noch etwas Besonderes an.
Mein Schwager hat ein Schaf gekauft, weil
sein Sohn beschnitten werden soll. Das Schaf
braucht man aber nicht für die Beschneidung,
sondern es soll uns als Braten dienen für die
Feier zu ehren seines Sohnes. Mein
Schwager hat wirklich ein sehr hübsches und
gesundes Tier gekauft. Es ist ca. 40kg schwer
und hat ein gepflegtes sauberes Fell. Das Tier
wirkt schlank, da es das Fell kurz hat.
Es kommen drei Männer von unserer Familie
und legen das Tier auf die Seite. Mein
Schwager fasst dem Tier an den Hals und
fragt noch mal kurz, wo er das Messer
ansetzen muss. Auch kontrolliert er noch
mal, ob das Messer wirklich scharf ist. Das
Tier hat keine Angst. Es liegt ruhig da und
lässt sich alles ohne die Anwendung von
Gewalt gefallen. Die anderen halten derweil
das Tier etwas am Bein fest. Mein Schwager
drückt den Hals des Tieres weit in den
Nacken. Mit den Worten „Bismillahi
alrahman alrahim" schneidet er dem Tier die
Halsschlagader und die Speiseröhre durch,
bis beinahe fast ganz hinten in den Nacken.
Das Tier bekommt einen Schock und kann

sich nicht wehren. Es drückt nur mit geringer Kraft gegen den Schnitt meines Schwagers. Innerhalb von Sekunden schwallt ein riesiger Blutsturz aus dem Hals des Tieres. Beinahe wie ein Wasserfall. Der ganze Boden ist voller Blut. Das Tier krampft den Körper zusammen, bewegt sich nicht. Es liegt still da und blutet. Einige Männer tragen das Tier aus der Blutlache. Das Tier ist sehr schnell fast ganz ausgeblutet. Es geht jetzt nur noch darum, dass der tatsächliche Tod eintritt. Das Tier bewegt sich nicht, bäumt sich aber kurz auf. So als ob es weglaufen möchte oder sich aufrichten. Das Tier hat aber keine Orientierung und auch keine Kontrolle über seinen Körper. Noch ein paar Minuten und das Herz steht still, so dass das Schaf tot ist. Der Zeitpunkt des Todes nach dem Schnitt war nach fünf Minuten. Ich stand dabei und habe davon ein Video gedreht. Es war beinahe die ganze Familie dabei. Das Schaf muss jetzt noch aus dem Fell und von den Innereien befreit werden. Meine Kinder schauen zu. Zwischendrinn wird ein Huhn mit einem Fuß an einen Pfahl gebunden. Hühner sind wohl doch irgendwie zahm, dass man mit denen sowas einfach machen kann. Ein Kind will ins Gebüsch pinkeln, weil es keinen Bock hat wegzugehen. Die Situation ist wirklich sehr spannend.

Das Schaf ist nun tot. Wir haben den Braten somit fast erledigt. Dem Tier werden jetzt die Beine aufgeschnitten, so dass man das Tier daran aufhängen kann. In die Seite irgendwo wird Luft reingeblasen, so dass das Tier dick wird. Das Fell wird langsam runter gezogen. Der Kopf wird komplett abgetrennt. Der Schwanz wird auch abgeschnitten. Sobald das Fell runter ist, wird von oben am Darmausgang angefangen, das Tier aufzuschneiden. Hervor kommt ein Sack mit Gedärmen. Dieser Sack wird aufgeschnitten und der Darm wird aufgefedelt und entleert. Irgendwann ist dann alles draußen und nur noch das Fleisch mit Knochen als Körper da. Alles in Allem mit tot machen und Riesenbraten, hat die Prozedur eine Stunde gedauert. Jetzt nur noch ein großes Messer und eine Schüssel und dann alles in kleine Stückchen schneiden.

Das Schaf war megalecker. Wir haben dazu Kuskus gegessen und Möhren und Zucchini.

Ich will mir auch mal ein Schaf holen. Das Schaf wird sich gut machen in meinem Gefrierschrank, im Ofen und im Kochtopf. Da bin ich mir sehr sicher.

Am nächsten Tag fahren alle zum Arzt mit dem Kleinen von meinem Schwager und dann wird er beschnitten. Ich war noch nie dabei bei sowas. Ich finde das furchtbar. Ich habe zwei Söhne, die auch in Harouch beschnitten wurden, aber das werde ich mir nicht antun.

So bin ich also zu Hause und warte eine ganze Zeit bis alle wieder kommen. Der Kleine bekommt einen Prinzenanzug an mit einem roten Cappy. Das sieht sehr süß aus. Es dauert ungefähr zwei Stunden bis sie wieder da sind. Die Frauen, die da geblieben sind, begrüßen den Prinzen mit lauten schrillen Schreien. Der Kleine hat eine örtliche Betäubung und ist etwas geknickt. Er hat zwar keine Schmerzen, aber so ganz geheuer ist ihm das nicht. Erstmal ist diese Mittelpunktsituation für ihn abstrakt und auch sein kleiner Freund, dem es an die Haut ging, ist sehr eingewickelt und es zieht so etwas. Aber nun denn. Da müssen alle

kleinen Jungs durch und wenn alle kleinen Jungs es überlebt haben, dann wird er es auch überleben. Sein Martyrium dauert jetzt drei Tage und dann ist alles vorbei. Er wird sich etwas anschicken zu gehen und drei Tage ungern Pippi machen. Der Verband muss ab. Aber da meine Schwiergermutter, sich Boss nennen kann, nach der Mannwerdungszeremonie, sind wir alle guter Dinge. Oder so. Aber das wird. Sie hat sich um meine Jungs auch gekümmert. „Danke Mama"
Es ist kaum zu glauben, was man aus einem Schaf so machen könnte, wenn man es verstanden hätte. Aber leider hat man in Gingitta nur das Wort Schaf und Fleisch verstanden. Wenn ich jetzt davon ausgehe, dass ein Schaf einen Hals hat, einen Rücken, eine Keule und auch Kotelette, dann müsste eigentlich auch etwas mehr gehen, als ausschließlich Kochtopf. In Gingitta gibt es gigantische Kochtöpfe. Da kommt alles rein. Das Fleisch, Zwiebeln, Tomaten, Knoblauch, Olivenöl und ....! Keine Ahnung was so alles, aber es schmeckt sehr gut nachher.
Es gibt eine riesengroße Wanne mit Kuskus.

Das arme Schafe, dachte es wird ein Braten,
wurde aber nur zerklumpt und gekocht. Das
ist kein königliches Ende. Auf jeden Fall
nicht.
Man hätte auch Lammkeule im Ofen grillen
können und Lammkotelette grillen können.
Aber nein... in Algerien ergibt die Anatomie
des Schafes keine Starküche, sondern nur
Fleisch.
Schade.
Wenn ich mir ein Schaf hole, dann wird alles
anders. Es gibt Hackfleisch und ich werde
auch einen Tontopf in den Ofen stellen und
darin etwas zubereiten. Die Algerianer sind
eben Dekadenten.
Am nächsten Tag wird gefeiert. Dem kleinen
Mann wird von jedem Geld zugesteckt. Das
Prozedere für die Feier ist wieder das
Gleiche. Die Bude wird auf Hochglanz
poliert, das Wohnzimmer wird entkernt und
die ganzen Sofas werden auf die Terrasse
verteilt. Die Männer sitzen immer unten und
essen und tanzen. Bei den Frauen wird die
Musik spielen.
Dem Kleinen wird Henna in die Hand gelegt
und er bekommt einen großen

Süssigkeitenteller, ganz für sich allein. Und so geht der Abend hin.

Gingitta wird langsam langweilig oder anders: es setzt Normalität ein. Ich bin manchmal nur oben in der Wohnung und gehe garnicht runter. Ich mag nicht immer über die gleichen Sachen reden und mich über immer die gleichen Sachen freuen. Ich will aufräumen, putzen, die Kinder aus der Wohnung haben und meine Ruhe bekommen. In Deutschland bin ich mit allem immer alleine. In Gingitta kann ich wenigstens die Kinder etwas zerstreuen, sonst hängen die alle um mich herum. Ich bin mir auch nicht sicher, ob ich wirklich nach Hause will. Ich habe wirklich eine sehr liebe Familie in Gingitta.

Mein Schwiegervater ist 82 Jahre alt und hat 13 Kinder 28 Enkelkinder. Es sind immer noch nicht alle Kinder verheiratet. Sein jüngster Sohn ist gerade Mal 10 Jahre alt. So ist das: Andere Länder, andere Sitten. Solche Großfamilien gibt es in Deutschland nicht.

Es ist jetzt an der Zeit Abschied zu nehmen. Heute haben wir den letzten Tag in Gingitta verbracht. Ich habe gegen meinen Willen der Vernunft wegen, noch einmal die Wäsche gewaschen. Ich schlafe normal, diesmal im Wohnzimmer. Mein Mann und die Jungs auch. Die Mädchen haben meistens woanders geschlafen. Unten bei meinem Schwiegervater im Fernsehzimmer.

Heute ist unser letzter Tag. Es ist alles normal aber doch nicht normal. Mein Mann steht früh auf, macht Wu`du und geht zum Fajr- Gebet in die Moschee. Er bringt Baguette mit und frische Kuhmilch. Irgendwann kommen die Kinder und ich brate ihnen Frühstückseier, schneide etwas Melone auf. Langsam müssen wir auch packen. Zum Glück hat mein Mann dieses Jahr mal nicht den Dachträger verkauft. Sonst hatten wir zurück zwar weniger Klamotten, aber durch diese sehr dumme Platzreduzierung auf dem Dach, wieder nicht genug Platz zum Sitzen. Die ganze Familie ist auf den Beinen. Wir werden jetzt verpflegt. Meine eine Schwägerin macht Teig für uns und Kisre, eine andere Schwägerin backt Pommes und Salat, meine liebe Nicht hat extra Hähnchenbrust für uns gekocht und von Sidi Mezriche nach Gingitta fahren lassen.

Wir haben Melone, Zwiebeln, Weintrauben, Limo, Wasser und selbstgebackene Kekse mit bekommen. Aber es dauert noch bis wir fahren. Erst essen wir Mittag. Ich weiß nicht mehr, was ich am letzten Tag gegessen habe. Ich war sehr traurig von Gingitta wegzumüssen. Unser Schiff geht um 16 Uhr in etwa. Wir haben 40 Minuten Fahrtzeit von Gingitta nach Skikda.

Mein Mann ist der unglaublichste Mensch, den ich kenne. Die ganze Familie sitzt da und wartet dass wir gehen und will uns verabschieden. Wir sitzen im Flur unten, da wo wir manchmal essen. Einige meiner Schwägerinnen sitzen auf der Treppe und warten uns zu verabschieden. Es sieht nach gehen aus. Wir müssen gehen . Es wird wirklich Zeit.

Was macht mein Mann? Mein Mann ignoriert die Familie in dem Drang uns zu verabschieden und wartet bis der Adhan kommt für das Mittagsgebet. „Mein lieber Mann, der Adhan ist nicht immer an in Gingitta und genauso überfällig wie wir. Geh

im Namen Gottes, geh beten und lass uns endlich los!"
Mein Mann macht Wu´du und geht beten.
Als wir los wollen, kommt die ganze Familie zum Auto, um uns zu verabschieden. Die Verabschiedung war genauso wie unsere Ankunft. Ich geb allen Kindern Fünf und dem Rest der Familie links und rechts ein Kuss auf die Wange.

Auf Wiedersehen meine liebe Familie.
Bis nächstes Jahr inschallah

Ich habe Euch alle sehr lieb

Bitte schauen Sie auch auf die Homepage

www.assira-verlag.de